KB264744

1인용 기분

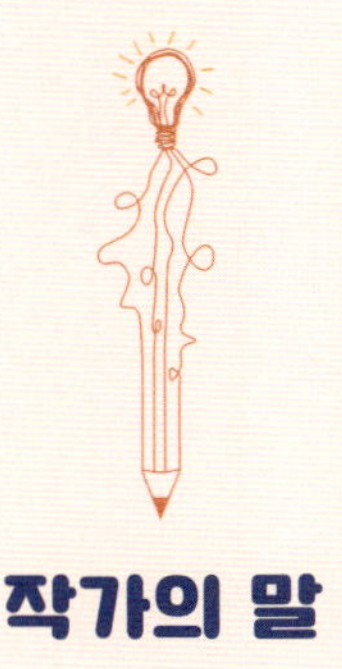

작가의 말

그러니까 나는 몇 인용짜리 사람일까.

내 이름 앞에 인용이 붙는다면 어떤 숫자가 어울릴까.

나는 무엇을 얼마나 나눌 수 있는 사람이려나.

이런 메모를 2017년 봄에 발견했습니다. 언제 쓴 것인지, 왜 그런 생각을 했는지
는 기억나지 않았습니다. 잠시 고민하다, 펜을 들어 몇 개의 단어들을 덧붙였습
니다.

1인용 기차. 2인용 칫솔. 3인용 서울.

0인용 윤파랑.

그리고 이 메모는 머릿속에서 불어나, 몇 달 뒤에 '1인용 기분'이라는 만화 제
목이 되었습니다.

저는 마음을 읽히고 읽는 일에 자주 실패했습니다. 다른 사람이 제 마음을 몰라줄 때도 있었고 제가 다른 사람의 마음을 잘못 받아들인 때도 있었습니다. 타인과 나누기 어려운, 그리고 가끔은 자기 자신도 이해하기 어려운 1인용 기분들은 저뿐만이 아니라 모두에게 해당하는 말이라고 생각했습니다. 그렇지 오롯이 모두가 혼자라는 느낌으로 만화를 시작했는데, 이야기를 진행할수록 혼자였다면 느낄 수 없던 기분들이라는 의미가 추가되었습니다. 어긋남이 실패가 아닐 수도 있음을 저는 이제 믿습니다.

기분은 감정이라는 단어와 혼용되어 쓰이지만 기분은 보다 오래 지속되는 감정들을 의미한다고 하죠. 부디 이 책이 조금 더 오래 마음에 머무는, 그런 것이 되었으면 합니다.

무거운 이야기들이 많음에도 걸음을 함께해주신 독자분들, 부족한 제게 연재의 기회를 주신 네이버 웹툰, 책을 만드느라 고생해주신 비아북 가족분들과 김경희 디자이너님께 다시 한번 감사를 드립니다.

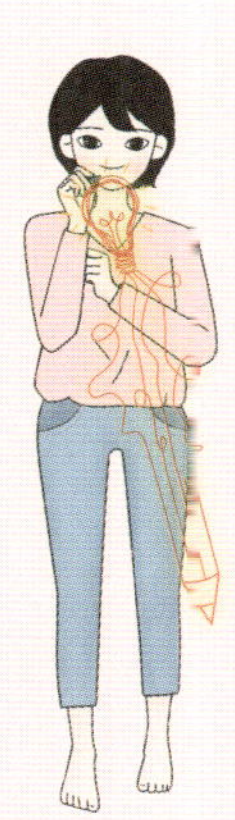

2018년 가을,

윤파랑

#Contents

#프롤로그

다른 하루

엄마도 보면
기뻐하겠지?

그날은 엄마의 웃음에
슬픔이 묻어 있어
나도 더는 말을 할 수가 없었다.

얕은 잠을 자다가
엄마가 뒤척이는 소리에 깼는데

언제부터였는지 엄마는 내가 들을세라
소리 죽여 흐느끼고 있었다.

다른 사람과 나눌 수 없는 그런 기분도 있다는 걸
남몰래 우는 엄마를 통해 여실히 배운 날이었다.

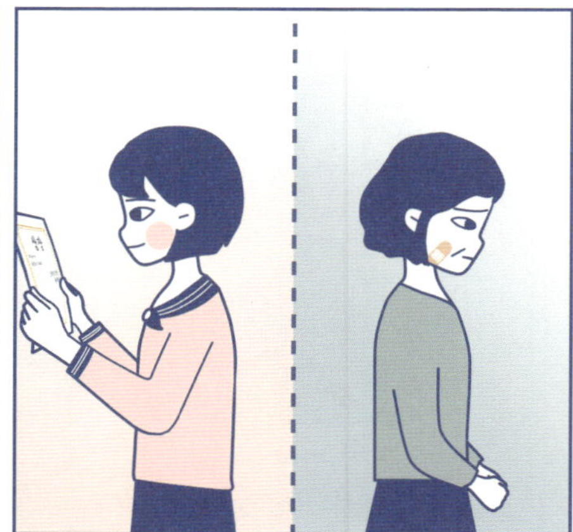

대학 시절에는 혼자서
영화관에 자주 가곤 했다.

그때 본 영화는 이별에 관한 이야기여서
슬픈 장면이 많았는데

같은 순간에도
누군가는 나와 전혀 다른
기분을 가진다면

결국 모든 기분은 1인용이 아닐까.
같은 곳에 있는데
왜 나만
젖는 거지?
혹시 내가
이상한 건가?

그런 기분들

내가 벌써
서른이라니.
시간 엄청
빨리 가네.

서른이 되면 삶이 조금은 달라질 줄 알았는데
내 일상은 평소와 차이가 없다.

그래도 한창때가 지났다는 생각이
한숨처럼 달라붙는다.

겨울과 봄의 경계가
정해져 있지 않은 것처럼

푸르른 봄날을 뜻하는 청춘도
나이로 구분되진 않으리란
생각이 들었다.

그러니까, 이런 것들은 모두
단어로 콕 집어 설명할 수 없는
1인용 기분.

#하루

바쁘게 사는 게 열심히 사는 거라고
스스로 다독여봐도
자꾸만 마음 한편이 서늘해지던 연말.

익숙지 않은 단어들을 읽으며
문득 떠올린 한 가지는

자꾸 잊어버리는 건
다름 아닌 나 자신이 아닌가 하는 질문이었다.

**나를 달가워하지 않는
얼굴을 마주하는 일.**

**아쉬운 소리를
어쩔 수 없이 읊는 일.**

그런 일들이 계속되면
나를 살피는 건 뒤로 미루게 된다.

그러다 겨우 걸음을 멈췄을 땐
시간을 통째로 잃어버린 느낌이어서

오늘도 정신없네.
계획대로 되는 게
하나도 없어.

벌써???
PM 7:15
아직 할 거
많이 남았는데.

내일에 대한 기대도
사라지고야 만다.

내년도 이렇게
책 만드는 기계처럼
지내겠지?
매일매일이
도돌이표 같아.

보냈다는 말보다
버텼다는 말이 어울리던 저녁에

처음 만난 꼬마에게
다정한 인사를 선물 받았다.

아기야 고마워!
저 조금만 있으면 아기 아닌데...
암튼 누나, 새해 복 많이 받으세요.
아끼던 펜인데 다행이다.
좋아하던 걸 요즘 곧잘 흘리네.

어제나 내일은 그만 고민하고 오늘은 자기 전에 조금이라도 써볼까.
그리고 그제야 알 수 있을 것 같았다. 내가 놓지 말아야 하는 건 오늘 하루의 작은 즐거움이란 걸.
한 문장이라도 매일 쓰면 뭐가 되든 되어 있겠지?

더디고 지치더라도 내가 바라던 나를 쌓아가고 싶은
한 해 끝의 기분.

#가치와 가격

외모 저울

대학생 때, 수강신청에 실패해
타과 수업을 듣게 된 적이 있다.

수업 시작까지 시간 많이 남았네.
잠깐 나갔다 올까?
오늘은 옆에 앉는 사람한테 음료수 주면서 인사해봐야지.

같은 강의를 듣는 학생들이 내 얘기 하는 걸 우연히 듣게 되었는데
윤파랑이랬나. 문창과 애 봤어? 몇 등급이냐?
등급? 성적 말하는 건가.

저울에 올려진 고깃덩이가 된 느낌은
끝내 지울 수가 없었다.

졸업을 한 학기 앞둔 어느 날
학교 후배가 날 불러 세웠다.

그렇게 내가 새삼 깨닫게 된 건
꿈에도 값이 매겨지는 현실이었다.

내 작품을 더 만들지 바로 취업부터 할지
고민하던 때였는데
강제로 고민이 해결된 것 같았다.
물론 기쁘지는 않았다.

외숙모는 사회 초년생인 내게
궁금한 '숫자'가 많으셨는데

가치와 가격은 동의어가 아닌데
남들이 왜 자꾸
나를 재단하는 걸까.

내 의지와 상관없이 계속 저울에 올려지는
지긋지긋한 기분들.

#속울음

집으로 가는 길

나 예전에 되게
이상한 경험 한 적 있어.
어떤 거요?

언젠가 대학 동기가 지나치듯
말해준 얘기가 있었다.

별거 아니긴 한데
요즘 자꾸 떠오르네.
재수 생활
할 때였는데...
대학진로 상담받고
집에 가는 길이었거든.
내가 원하던 과를
계속 고집하는 게 맞는지
고민하면서 걷고 있었어.
그런데 갑자기
전봇대며 건물이며
다 낯설게만 보이고,
집에 가는
방향이 생각나지
않는 거야.
그날은 그 정도로
내 머릿속이
혼란스러웠나봐.
무섭고 당황스럽던
느낌이 아직도 생생해.
울고 싶었는데
이상하게
눈물은 안 나더라.
무슨 마음인지
알 거 같아요.

내게는 언니의 말들이
유독 서글프게 들렸는데

그건, 언니가 너무 일찍 울음을 참는
어른이 되었기 때문인 것 같았다.

동행

졸업하고 드라마 작가로 일하던 언니는
이직을 준비하게 되었다.
면접은
어땠어요?
음... 솔직히
별로였어.

신입 뽑는다길래
일산까지 간 건데
왜 출판 경력이
없느냐고 묻더라구.
그때부터 주눅 들어서
다른 질문에도 제대로
대답을 못 했어.

이럴 때는
어떤 말을 해야
좋을까?
왜
뻔한 말밖에
안 떠오르지?
방송일 힘든 거 알았는데도
결국 못 버텨내고...
나도 나한테 실망스러워.
그냥 이 시기가
빨리 지나갔으면
좋겠다.

그날 내가 가장 걱정이 되던 것은

집에 돌아가던 언니가 또 길을 헤매다가
울지도 못하고 멍하니 서 있을 모습이었다.

다음 날 아침은 이런저런 생각으로
발걸음이 무거웠고

바보처럼 회사를 지나쳐서
왔던 길을 되돌아가야 했다.

파랑아 어제 택시 태워줘서 고마워. 출근은 잘 했어?
네, 방금 도착했어요.
있지... 별건 아니고...
나 면접 본 데 합격했대!
어머! 일산 거기요? 축하해요 언니!!!

축하 선물로 손수건을 사줘도 될까?
나중에 울고 싶을 땐 맘껏 울어도 된다고...
앞으로도 우리는 길을 잃고 헤매다 눈물마저 포기해야 할지 모르지만

그래도 당장은
눈물이 속에 고인 사람이
아니었으면 하는 기분.

눈물주의

누가 눈물꼭지를
이렇게 꽉
잠가놨지?

#묘연

좋아하는 것과 책임지는 것이 얼마나 다른지 잘 알기에

고양이를 좋아하면서도 선뜻 손을 내밀지 못하던 나였다.

일주일이 넘도록 망설이다
처음으로 용기를 내보았지만

그땐 기회가 이미
내 손 밖으로 흘러나간 뒤였다.

여보세요.
고양이 카페에서 보고 전화드려요. 남자아이 제가 입양할 수 있을까요?
어떡하죠. 벌써 입양 갔어요.
...이제야 확신이 들었는데.

묘연하다

그러고 보니 우리 회사 편집자들은 대부분 고양이 키우는구나.
다들 어떻게 키우게 됐을까.

**고양이와 맺어지는 인연을
흔히들 묘연이라고 부른다.**

소식을 알 길이 없다는 뜻의 '묘연하다'가
고양이와의 인연과 닮았다고 느끼던 차에

내게도 드디어 묘연이란 게 찾아왔다.

함께하는 밤

냥이 이름은
정했어?
응, 모모로 하려고.
어울리지?

며칠 뒤 고양이는
무사히 내 집에 도착했다.

나는 이렇게 대답할 것 같다.
내가 겪은 겨울 중, 가장 따스한 밤이었다고.

손끝에 닿는 작은 온기에

추위도 녹아내리는 기분.

인연

"저는 사실 수컷 고양이를 찾고 있었어요."

김 시인이 구조한 아기 고양이는 총 다섯 마리였고 그중 내가 동료에게 입양을 권유받은 고양이는 피부병에 걸린 암컷 고양이였다. 길고양이라는 것도, 피부병이 있다는 것도 내게는 흠으로 다가오지 않았다. 다만, 암컷이라는 점이 나를 망설이게 했다. 내가 수컷 고양이를 원한 이유는 단순했다. 늘 여자들하고만 살았으니 반려동물이라도 다른 성별이면 좋겠다 싶었던 것이다.

그건 거짓이 아니었지만, 어쩐지 내가 생각해도 핑계처럼 들렸다. 나는 애써 내 망설임을 다른 이유로 포장했는지도 모른다. 나 하나 건사하기도 힘든데 고양이를 잘 키울 수 있을까, 더 좋은 주인을 만날 수 있는데 내가 데려오는 건 아닐까, 김 시인에게 전화를 거는 그 순간까지도 나는 나에게 확신이 없었으니까.

"인연은 고르는 게 아니죠. 이것도 다 인연이고요."

김 시인의 목소리에는 어떤 분명함이 있었다. 고른다는 말에 나는 조금 부끄러웠고
인연이라는 말에 안도했다.
인연이구나, 동물과도 인연이란 게 있구나, 고를 수 없는 시작이란 게 있구나.

그렇게, 작고 마른 고양이 모모는 내게로 왔다.

#숨

한숨

평탄한 사회생활을 위해서는
여러 명의 동지를 두는 것보다
한 명의 적을 만들지 않는 게
중요하다고 한다.

하지만 머리로는 알고 있어도
마음이 영 따라와주지 않는 일도 있다.

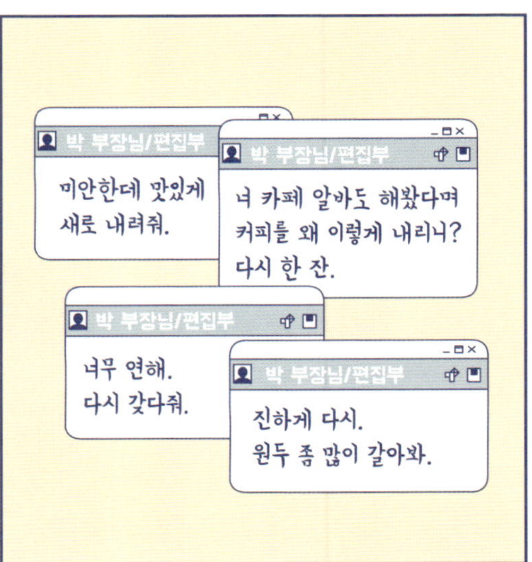

그날 내가 연달아 내린 커피는 총 다섯 잔.

마음껏 화를 낼 자유도 없는 곳에서 내가 할 수 있는 최선은

커피보다 씁쓰름한 한숨을 남몰래 내쉬는 것뿐이었다.

설거지까지 내가 해야 하다니.
부장님을 내 인생에서 박박 씻어내고 싶다.

너는 이게 정말 괜찮다고 생각하니?!
부장님한테 누가 또 혼나나보네...
다시 제대로 써와!
...

그리고 한숨으로 맞춘 호흡도
의외로 괜찮다고 생각했다.

숨구멍

나 저자미팅
다녀올게.
일 생기면 연락해.

부장님!
블라우스에
얼룩이...
커피 같아요.
아까 드시다가
흘리셨나봐요.

어? 정말?
이게 뭐야..
중요한 날이라
새 옷 꺼낸 건데.

회사는 여전히 갑갑하고 웃을 수 있는 일이 적지만
숨을 돌릴 만한 구석은 작게나마 있기 마련이니까.

조금은 숨통이 트인 기분.

#제자리걸음

어릴 때, 우리 가족은 정부의 지원을 받는 기초생활수급자였다.

가난이 부끄러운 일은 아니지만 딱히 자랑할 일도 아니라고 생각했다.

솔직히 말하면 가진 게 적다는 걸 최대한 숨기고 싶었다.

숨기고 싶어도 끝끝내 드러나는 것.
마치 낙인이 찍힌 기분 같은 것.

그게 내가 겪었던 가난이었다.

회사 홍보팀에 복직한 미진씨는 알고 보니 나와 동갑이어서

나이가 같다는 동질감에 다른 얘기도 편하게 나눌 수 있었다.

그날 저녁,
집에서 열심히 계산을 해봤고

책임의 무게가 나이만큼
늘어나 있다는 생각을 했다.

너한테 더 좋은 것들 많이 사줘야 하는데... 그치?
애오~

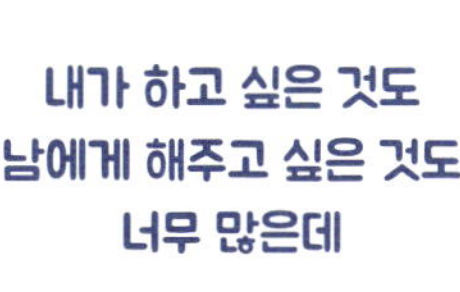

내가 하고 싶은 것도 남에게 해주고 싶은 것도 너무 많은데

부지런히 잘 가고 있다고 생각했는데...
같은 자리에 머물러 있던 걸까.
어쩐지 나의 '없음'에 매일 이자가 붙고 있는 것 같았다.

어릴 때 학습된 가난은 엄격하다.
그래서 오지 않은 불행까지 준비하게 된다.

나 복권 처음 사봐.
진짜? 한 번도 안 해봤어?
사는 데 드는 돈이 아깝더라고.
이런 돈이라도 모으면서 노력하는 게 낫지 않나 싶기도 하고.
지칠 때 재미 삼아 하는 거지 뭐.
혹시 모르니 한번 기도해보자. 마침 달도 밝네.

노력에만 기대기에는
밤하늘이 너무 넓고 깊어서

그리고
1인용 소원.

#온도

시집살이

너 저번에 체해서
조퇴했다고 말했더니
엄마가 매실청
담근 거 주신대.

소화 안 될 때
먹으면 좋대.

어머니
저희 왔어요.

오오~
맛있는 냄새 난다.

배고프지?
밥 미리
차려놨어.

저번에 보니까
파랑이가 잘 먹길래
버섯전골 했다.

전골 뜨거우니까
입 데지 않게
조심해.

저 뜨거운 거
잘 먹어요~

우리가 좋아하던 반찬으로 식탁을 채운 그날,
친구와 나에게 내비친
어머니의 근심이 무엇인지

그때는 우리 둘 다 어려서
깊이 생각하지 못했다.

뜨거운 거 잘 참으면
시집살이 심하게
한다는 말 있는데...
괜찮아도,
다른 데 가서는
못 먹는 척해.

그러려니 해.
우리 엄마 시집살이라면
끔찍하게 무서워해서...
속닥속닥
시집살이?

부엌일

호텔 생각보다
괜찮은데?
그치?
캡슐커피도 있더라.
내려줄 테니까
잠깐만 앉아 있어.

근데 유민아
느닷없이 혼자
호텔은 왜 왔어?

제사 때문에
엄마랑 싸웠어.

우리도 이제
제사 그만 지내자.

아니면
간소하게
올리든가.

친척들 눈치
보여서 안 돼.

딱 나까지만 하고
너희 대에선 제사 없앨게.
싫어도 조금만 참아.

그게 뭐야?
마지막까지 엄마
혼자 고생하겠다는
소리잖아!

확실한 한 가지는, 어머니가 처음부터 맏며느리는 아니었단 사실이었다.

그리고 그걸 누구보다 잘 알아서 속상한 건 바로 내 친구였다.

그래도 다음은

유민아
밥은 먹었어?
바람 쐴 겸
밖에 가서
사먹고 들어올까?

뭐 먹고
싶은 거 없어?
....
엄마는 저녁
챙겼으려나.
일하느라
정신없을 텐데...
나 못된 딸이지?
괜히 화만 내고.

각자가 견뎌야 할
어떤 온도가 있겠지만

아냐, 안 그래.
내가 알던
너희 어머니라면...

뜨거운 걸 억지로 삼키는 친구의 모습을
어머니가 바라지는 않을 듯했다.

네가 이러는 걸
더 좋아하실 거 같은데.
뜨거운 게 싫으면
안 참는 거.

그리고 그걸 맞다고 해주는 게
내가 받은 고마움을
갚는 방법인 것 같았다.

가끔은 싫다고 말하는 데도
용기가 필요하더라.
어머니도 그런 거 같아.
역시 나라도 계속
설득해봐야겠지?

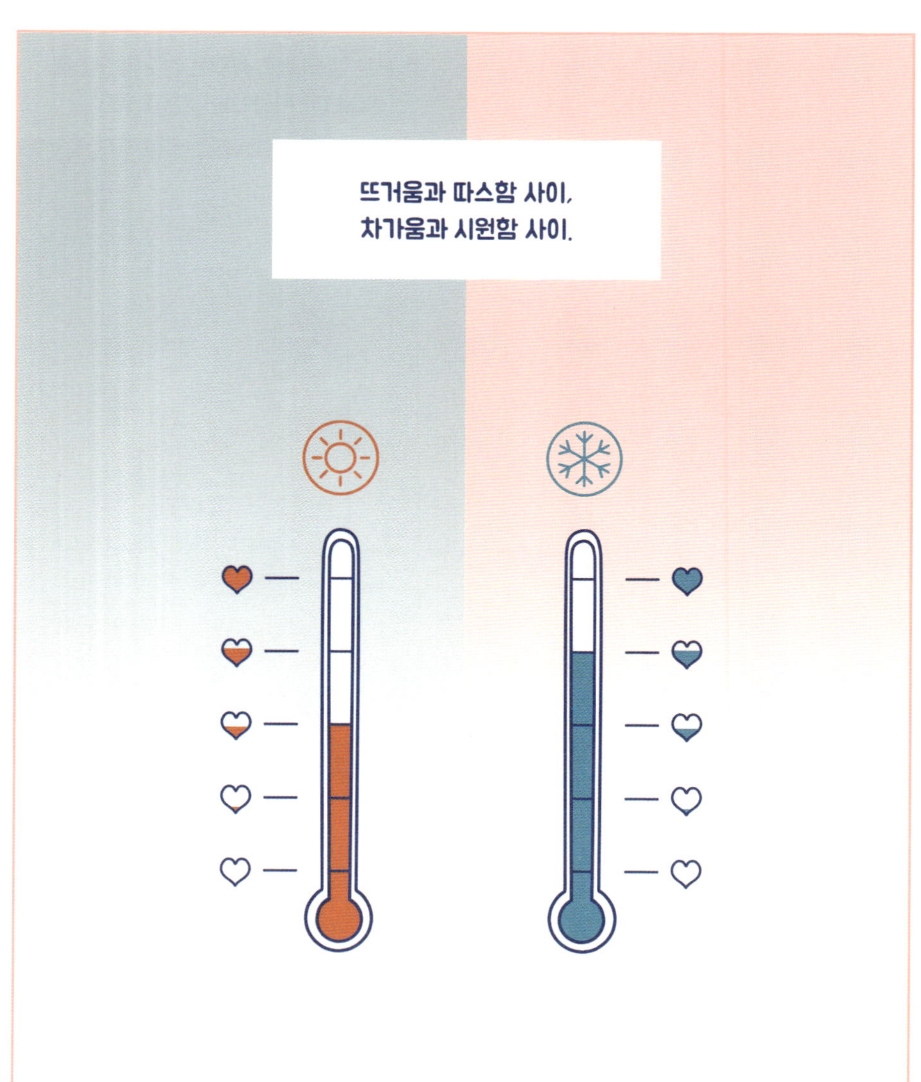

함께할 수 있는 온도를 찾아가는
작은 시작의 기분.

#신호

고양이 언어

모모야
아까부터
뭐 해?
쁘끼끼!!
쁘끼기기기!!
너 지금 새소리
흉내 내는 거야?
참새랑
친구하고 싶어?
쁘끼끼끼!
아...
그 소리를
채터링이라고
하는구나.
검색: 고양이 언어
친해지고 싶은 게
아니라 잡고 싶어서
내는 소리였어.
그러고 보니
저번에 사료 파묻는
시늉도 했는데...

무심코 지나쳤다가 나중에야 진짜 의미를
깨닫게 되는 어떤 신호들이 있다.

고양이를 키우면서 배운 건,
신호의 순간은 언제나 사소하다는 것이었다

차장님 언어

참. 우리 팀 신간계획서 나왔어요.
디자인팀에 전달해줘요.

최 차장님
나 싫어하시는데...

내일까지
어떻게 수정해요?
내가 책 만드는
기계도 아니고.

자주 마주해도
어쩐지 어려운 사람.

파랑씨는
왜 왔어요?

아... 저희 팀
올해 출간계획서
드리려고요.

내게는 차장님이
그런 사람이었는데

근데 괜찮으세요?
안색이 나쁘신데...
요즘 철야해서 그래요.
괜찮아요.

그날은 왜인지 괜찮다는 차장님의 말이
지칠 대로 지쳤다는 의미로 들렸다.

괜찮으신 거
맞나...
왜 우리
고양이가
생각나지?

가까이서 보면

작가님 출간
축하드려요~
감사합니다.
편집자님이
고생 많으셨어요.

평론가분들께 보낼 책이에요.
이 명단 순서대로 사인하시면 돼요.
어우~ 꽤 많네요.
아... 그리고... 최현희 차장님이라고...
본문 디자인하신 분이 계신데...

차장님~ 박 작가님 소설집 드디어 나왔어요!
시큰둥
그래요?
작가님이 사인 직접 남겨주셨어요. 수정 많아서 고생하셨다고...

가까이서 본 차장님은
사실 그 누구보다 응원이 필요했던 사람.

사인본은 진짜
오랜만이네.
디자이너들은 작가
만날 일이 없으니까...

그리고 희미하게 웃는 모습이
의외로 귀여운 사람.

우와~
차장님 웃는 거
처음 보는 거 같아.

신호를 지나치지 않아
다행이라는 생각에
나도 덩달아 웃고 말았다.

참! 파랑씨
고양이 키운다면서요?
나도 두 마리 키우는데.
아, 정말요?!
그럼 냥이 사료
추천해주세요!
저 아직
모르는 거
투성이예요.

QUIZ
차장님 기분
제가 맞혀보겠습니다!
001
누군가의 신호를 읽어주는
어떤 설렘의 기분.

소설 쓰는 방법

너희는 스토리 짤 때 어떻게 해?
음... 저는 먼저 이미지 몇 개를 나열해요.
그리고 인물에 저를 이입해서, 나라면 어떻게 행동할까...
나라면 무슨 심정일까... 그런 걸 상상하며 장면을 이어 붙여요.

저는 스토리 막히면 인물에게 계속 말을 걸어요.
지금 누구를 만나고 싶어? 가서 뭘 하고 싶어?
이런 식으로 얘기하다보면 이야기들이 떠오르더라고요.
그렇게도 할 수 있구나~
나는 카메라로 찍듯이 주인공이 움직이는 걸 따라가는데.

조금 나중에야 깨닫게 된 건,
우리가 이야기를 만드는 그 방법들은

각자가 타인을 바라보고 이해하는
방식이라는 것이었다.

근데, 파랑아.
넌 젊은 애가
돈 벌어서
어디다 쓰니?
나는 네 나이에
잘 꾸미고 다녔는데.
나 그렇게
후줄근해 보였나?
근데 나 아까
표정 못 숨긴 거 같아.
웃어넘겼어야
했는데...

일만 열심히 하면
되는 줄 알았는데.
역시 사람
상대하는 게
제일 어렵다.
어, 다다야.
나 퇴근했지.
집 근처야.
목소리가 잠겼네.
무슨 일 있었어?

내 방식으로는 영영 포용할 수 없는
그런 사람도 있음을 인정해버렸다.

예전에, 지나 언니랑 소설 쓰는 방법에 대해 얘기했던 거 기억해?
기억하지~

나는 그게 우리가 다른 사람을 이해하는 방식이라고 생각했거든.
근데 내 방법이 잘못된 걸까?

부장님 입장에 날 대입해서 이해해보려고 하는데, 그게 잘 안 돼.
일 힘든 건 참아도 사람 힘든 건 정말...

모두랑 잘 지낼 수는 없는 거니까, 그냥 흘려보내.
지나 누나는 자기가 만들어낸 주인공이 싫을 때도 많댔잖아.

그래도 그 불완전한 시도를
해주는 사람이 있다는 게
꽤나 위안이 되었다.

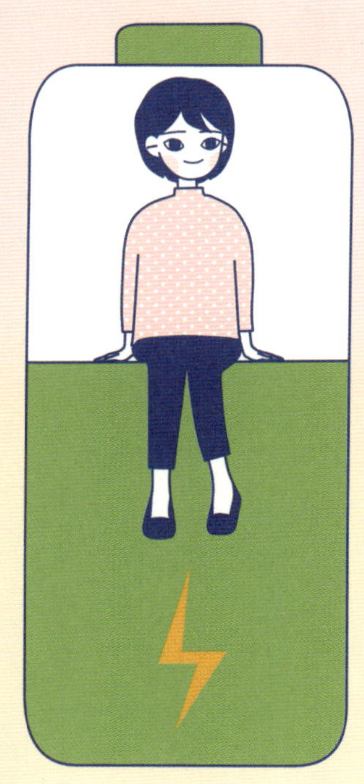

사람 때문에 방전되었다가
사람 덕분에 충전되는 기분.

응원해주는 사람

회사 오니 다시
기운이 쭉 빠지네.
파랑씨,
무슨 생각을 그렇게
골똘히 해요?

차장님 안녕하세요.
저 그냥...
멍 때리고 있었어요.
음...

나 이 회사
너무 오래 다녔나봐.
직원들 표정 보면 무슨
생각하는지 좀 보여...
버티는 게 이기는 거여요.
내 말 무슨 뜻인지 알죠?

넵!
감사해요~!
버티는 게
이기는 거!
좋은 말이네.

다시 조금 더 충전된 기분.

#다정함

감독님!
오늘 진행해주셔서
정말 감사해요.

요즘엔 달마다
소설책만 100권
이상 사는 거
같아요.

근처에 식당
예약해뒀으니
식사하고 가세요.

우와.
엄청 많이
읽으시네요!

차기작 때문에요.
소설 원작인 영화면
개봉 전부터 관객
신뢰도가 높거든요.

대단하시네요.
근데 그 많은 책 보관은
어떻게 하세요?

물론 원작만큼
잘 만들어야 한다는
부담감도 크지만...

전자책으로
바꾼 지 좀 됐어요.
자리 안 차지하고
좋더라고요.

나는 전자책
일할 때만 써봤지
사본 적은 없는데...
멋있어~!!

아날로그

어제 감독님
뵙고 나니까
새삼 놀랍더라고요.
뭐가?

세상이 정말 빠르게 변하는 게 느껴져서요.
종이책 사라질 거란 말이 실감도 나고요.

우리 대학에서 처음 만났을 때는 스마트폰도 없었잖아요.
맞아. 강의 시간표도 종이로 인쇄해서 다니고.

스마트폰 없었을 땐 어떻게 살았나,
가끔 그런 생각 하는데...
저는 이제 핸드폰 잃어버리면 아무것도 못 할 거 같아요.
외우고 있는 전화번호도 거의 없구.
나도 그래~

나 근데 네 번호는 외우고 있다~
꺅~! 정말요?

다정한 편지

파랑아 잘 가~
주말 푹 쉬구.
언니도요~

아, 그리고
이거.
얼마 전에
편지지를 샀는데
네 생각이 나서.
우와~
손편지 진짜
오랜만이다.

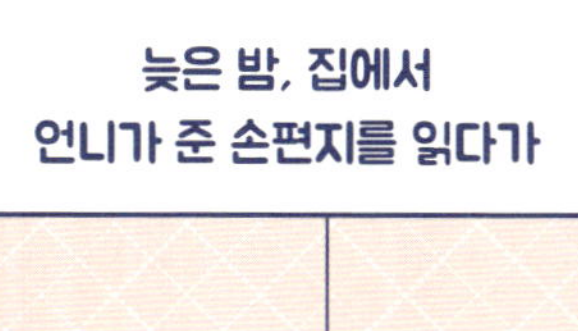

번거로움을 기꺼이 감수하는 마음,
그게 바로 다정함이라는 생각을 했다.

더불어 내가 나에게
다정할 수 있는 방법도
알 수 있을 것 같았다.

번거로움을 알기에 더 따뜻한
어느 다정함의 기분.

다정함이 맘에 안 드는
모모의 기분.

예쁘고 소중한 쓰레기들

이사한 집에 친구가 놀러 왔을 때 디저트로 내가 내준 것은 아이스크림이었다. 동그랗게 퍼서 유리 찻잔에 옮기고 기르던 민트 잎을 따서 위에 얹은 아이스크림. 티스푼을 집으며 친구는 "네게도 이런 면이 있었니" 하며 놀랐고, 밥은 설거지 거리 안 나오게 한곳에 담아 먹어도 아이스크림은 이렇게 차려놓고 먹는다는 말에 또 한 번 놀랐다.

내가 머문 대부분의 곳들은 집이라기보다는 방이라고 부르는 게 더 어울렸다. 게다가 나는 자주 머물 곳을 옮겨야 했다. 둘 수 있는 공간이 적고, 둘 수 있는 시간조차 제한되어 있으니 물건에 대한 욕심을 줄일 수밖에 없었다.
언제든 떠날 수 있게 군더더기 없이 살기.

그게 친구들에게 말하는 내가 추구하는 삶의 방식이었으니, 친구의 반응은 당연한 건지도 몰랐다.

언젠가 인터넷에서 '예쁜 쓰레기'라는 표현을 보고 한참을 웃었다. 예쁘지만 실용성은 떨어지는 물건들을 그렇게 표현하는 모양이었다. 하지만 누구에게나 쓸모가 없다는 걸 알면서도 지니고 싶은 예쁜 쓰레기들이 있지 않은가. 내게는 아이스크림을 먹는 일이 그랬다. 비싸지 않은 아이스크림이어도 그냥 그렇게 먹고 싶었고 그렇게 먹을 때면 행복하다는 생각이 들었다.

집 열쇠를 예쁜 것으로 고르는 사람은 없을 것이다. 하지만, 열쇠에 거는 키링은 다들 자신의 기준에서 가장 예쁜 것으로 고르려 할 것이다. 마찬가지로 집 열쇠를 보며 예쁘다고 웃을 일은 없지만 열쇠고리를 보며 예쁘다고 웃을 일은 있을 것이다.

아름다운 순간들, '잘' 살고 있다고 느끼는 순간들도 내게는 이런 키링 같은 것이었다. 화분에 물을 주는 일, 굳이 손편지를 쓰는 일, 혼자여도 예쁘게 차려놓고 달콤한 디저트를 먹는 일.
나는 믿는다. 예쁜 쓰레기들이 가끔은 나를 버티게 한다고, 그러니까 쓸모없다는 게 꼭 필요가 없다는 말은 아니라고.

#목

일요일 오후

애오~ 애오~
모모야.
일요일인데
우리 좀만 더
누워 있자~

인쇄도 넘겼으니 오늘은 여유롭게...
어?! 근데 나 마지막에 차례 페이지 제대로 확인했던가?

쪽수 맞겠지? 이상 없어야 하는데...
-차례-
서문 … 001
하루 … 014
묘연 … ???
원고 챙겨둘걸. 머리가 나쁘면 몸이 고생한다더니.
팀장님?! 오늘도 출근하셨어요?
파랑씨도 왔어요?

나는 우리 팀
올해 신간 계획
다시 체크하려고요.

파랑씨 보니 좋네요.
예전 팀원들하고는
이렇게 주말에도
나와서 일했는데...

정 대리도 더 분발해야
얼른 승진할 텐데...
팀 실적도 올라가고.

역시 나도 좀 더
해야 되나...

월요일 오전

수량도 이제
숫자로 표기합시다.

그러면 가독성이
떨어질 텐데요?

그래도
통일하는 게
낫죠.

월요일부터
분위기 또
냉랭하네.

팀장님하고
대리님은 언제쯤
친해지시려나...

그리고 임 작가님
평론집 원고
입수됐어요.

이번엔 파랑씨가
맡아서 해야
할 것 같은데...

네,
알겠습니다.

그럼 주간회의는
이만 마치겠습니다.

저는 감리 있어서
먼저 가볼게요.
두 분은 일정
다시 정리해주세요.

파랑씨~
평론집 괜찮겠어요?
다른 원고도 있잖아요.

해봐야죠, 뭐.

무조건 끌어안는 게
능사는 아니에요.

계속 무리해서 하면,
나중엔 그게
당연한 게 돼요.

파랑씨가 즐거우면 상관없지만...
어떤 게 파랑씨를 위하는 건지
길게 생각해봐요.

사람 한 명 빠져도
괜찮다는 듯 일하니까
우리 팀만 충원
안 해주기도 하고.

팀장님하고 대리님은
방향이 정말
다르구나...

월요일 오후

내가 즐겁게
버틸 수 있는 정도...

근데 나한테
선택권이랄 게
있긴 하려나.

* 외주: 외부 인력에 일감을 맡기는 것

여러 개의 속도 사이에서
내 몫의 크기를 선택하는 기분.

**임금님 귀는 당나귀 귀~!
라고 외치고 싶은 기분.**

#욕심

어떤 불안

**당연히 엄마는
날 사랑할 거라는 걸 알면서도,**

**거절당한 기억은
다른 것들보다 오래 남아서**

* 저자교: 편집자의 교정교열 뒤, 글쓴이의 확인 및 수정까지 보태진 원고

최 차장님이 보실 때
불편할 거 같아서
집에 가서 새로 옮기려고요.

파랑아 미안.
나 약속 시간에
좀 늦을 것 같아.

어, 괜찮아.
나도 약간
늦게 출발했어.

그럼 파랑씨가
번거롭잖아요.
에구... 그렇게까지 할
필요는 없는데.

근처 서점에서
책 구경하고 있을게.

안녕하세요.
잠깐 심리테스트
부탁드릴게요.

간단해요.

지금요?

잠깐이면 돼요.

이 여섯 개의 도형에
그림을 그려주시면 돼요.

어?
네 번째 도형이
의외네요.
보통 계단으로 생각하면
위로 올라가거나
내려가는 걸 그리는데,
나 많이
피곤했구나.
특이하게
앉아서 쉬는 걸
그리셨어요.
쉬고 싶었는데
나는 왜
애써 부정했지.

채워지지 않는

그래서 너 오기 전까지
나를 진짜 지치게 하는 건 뭘까
계속 생각했거든?
근데, 그거였어.
뭐?

남에게 먼저 잘 보이고 싶은 욕심.
좋은 딸, 좋은 동료...
모모처럼 살면 편할 텐데.
하아악!!
그렇게 조금이라도 괜찮은 사람으로 남고 싶어서 너무 애를 쓰고 있었나봐.
완전 자기 마음에만 충실하잖아. 3초 전에는 화냈다가 3초 뒤에는 또 팔랑팔랑~

누구나 그런 욕심은 있는 거 같아.
적당히가 좋은데 그게 또 제일 어렵지.
말 나온 겸에 나한테 지금 하고 싶은 걸 얘기해봐-~
기왕이면 잘 보이고 싶고 상대에게 미움받지 않고 싶고.
근데 그것만큼 채워지지 않는 욕심도 없지 싶어.
너한테?
흐음... 그러면...

모두에게 사랑받고 싶은 욕심을 놓는 것.
가끔은 나에게 먼저 귀 기울여주는 것.
이런 경험들이 쌓이면
언젠간 있는 그대로의 자신도
두렵지 않게 될까.

#안부

참. 이 근처 미술학원에 내 소꿉친구 다니는데.
전부터 말한 그 남자애? 되게 궁금했는데.

소개시켜주고 싶었는데 잘됐다. 문자해볼게.
유민아!
엇. 쉬는 시간이래. 잠깐 나오겠대.
어, 성진아.

파랑아, 인사해.
여기는 성진이.
첫눈 같은 아이야.
첫눈?
내가 하얗고
순수해서?

아니, 보면
밥고 싶어지는 게
똑같아서.
야!
오~~
첫눈 같은
성진아 안녕?!

몰랐던 소식들

내 집은 2층.
근데 빈손으로
와도 되는데...
별거 없어~
늦었어도 집들인데
그냥 오면 그렇잖아.

모모 형님 안녕하세요.
파랑이 친구입니다.
얼굴 좀 보여주세요.
얼굴만 숨으면
다 숨은 줄 알아.
그리고 모모
암컷이거든?
아, 누님이셨구나.
파랑이까지 셋이
오랜만에 뭉치니까
진짜 좋다~
너 만나면
할 얘기 진짜 많았어.
나두~
다들 잘 지냈어?

나 얼마 전에
승진했어~
얼굴 보고 말하고
싶어서 며칠 동안
입 근질한 거
꾹 참았다!

와~ 짱이다.
우리 중에선 네가
가장 먼저 했네!

고마워.
근데 연봉은
그대로야...

그래도 직급
높아지면 좋지~

난 얼마 전에
엄청 웃긴
소식 들었는데.

뭐?

(속옷 회사 디자이너)

내가 디자인한 속옷이
야동에 나왔다더라.

승진! 야동?

어..?! 그것도
축하해야
하는 건가?

못 본 사이에
많은 일들이
있었네.

오랜만에 만나도 바로 어제 본 것처럼
편한 관계.

서로 닮은 점만큼 다른 점도 많은 관계.

하지만, 알아온 것들만큼
앞으로 알아갈 점이 많은 것이
관계이기에
우리는 수시로 서로의 안부를
묻는지도 모른다.

다들
어떻게
지내십니까?

서로에게
나눌 얘기들이 아직 많아서

어제보다 오늘이, 오늘보단 내일이
더 기대되는 기분.

#행복

일하게 된 이유

다다씨가 해줄 수 있지?
아... 이틀 모두요?
네, 알겠습니다.
어려운 일 아니잖나. 그냥 앉아서 자리만 지키면 되니.
원래 내 차례 아닌데...

벌써 날짜가 이렇게 됐네.
둘 중 하나네.
흠... 지금 원고량과 내 속도라면...
한동안 야근을 하든가 명절에도 일하든가...

그냥 명절에 일할까.
친척들 만나봤자
결혼 재촉만 들을 테고...
야근비는 없지만
특근비는 나오니까.

명절날

모모야, 나
회사 다녀올게~
애오오오오!!
화내지 마.
네 사룟값 버는 거야.
대신 금방 올게~!

집에서 모모랑
뒹굴고 싶다.
일하기 싫은 이유는
점점 늘어나네.

어떤 책은 스쳐가는
순간순간에 의미를 부여하면
인생이 즐거워진다고 하고,

행복해지려고
돈을 버는 건데 왜 이렇게
즐겁지가 않지.

또 어떤 책은
삶에 많은 의미를
부여하지 말아야
행복해진다고 하고...

누구나 행복을 찾지만
모두가 답을
얻긴 힘든 것 같아.

가끔은 그런 의심을 한다.
내가 생각하는 행복이란
없을지도 모르고,

나는 그걸 알면서도
애써 자신을 속이고 있는지도 모른다고.

그리고 대부분, 과거의 힘듦을
오늘의 행복으로 위안 삼는지도 모른다고.

슬픔과 행복

근데 다다야.
넌 어떨 때 행복해?
나는 잘 모르겠어.
연봉이 높아지면
행복도도
올라가려나.
호엉.
남들은 맛있는 거 먹을 때
우리는 편의점에서
라면이라니...
그러게. 명절이라
식당도 거의 다
닫았네...
그건 아닐걸.

얼마 전에 기사를 읽었는데,
한 연구결과에 의하면
돈과 행복은 관련 없다더라.
돈으로 슬픔을 줄일 수는 있어도
돈이 꼭 행복을 높여주지는 않는대.

싫은 걸 없애는 것보다 좋은 걸 늘리는 데에
무게를 두고 싶어졌다.

BINGO
딸기 여름 녹차 새벽
락 자전거 단어 새싹
편지 산책
①
빙고 완성하려면
뭐부터
불러야 좋을까.
작게나마
행복을 채워가는 기분.

#후회

나는 학원 알바 알아보고, 단편소설 몇 개 미리 써놓으려고.
그리고... 문신! 나 문신할 거야.
갑자기 웬 문신?
갑자기는 아니고, 전부터 쭉 하고 싶었는데...

제일 친한 친구가 엄청 말리는 바람에 여태 못 했어.
문신은 3년 고민하고, 3년 고민한 뒤 3년 더 고민해야 후회가 없다나~
드디어 며칠 뒤면 결심한 지 9년 지나는 날이야.
너도 참 대단하다. 근데 어디다 하게?

등에다 할 거야.
크기는 너무
크지 않게.
등?
등에 하면
네가 못 보잖아.
괜찮아.
나를 응원하는 말이
뒤에 항상 있다는
것만으로도 충분해서.
뒷모습에도 표정이 있다.
그리고 대부분은 그 표정을 숨기지 못한다.
그걸 잘 알기에,
내가 되고 싶은 사람은
뒷모습이 단단한 사람이었다.

편견

따랑아!
일요일인데
출근했네?
부장님
안녕하세요~

평론집 추가로 맡게 돼서 작업하러 나왔어요.
나도 원고 보러 왔어. 집에선 왜 집중이 안 되는지.
파랑아, 3층 좀 눌러줘. 인쇄실부터 들르게.
네~
어머. 근데 너 너 등에 뭐 묻었다.
잠깐만. 다른 건가?
너 등에 그거 뭐니? 안 어울리고 이상하다, 얘.
일요일이라고 편한 옷 골랐더니 문신 보였나보네.
아... 그게...
이거 스티커 타투예요. 샤워하면 지워져요.

별게 다 있네~ 참. 30분 뒤에 커피 갖다줘.
...네에.
그냥 솔직하게 문신이라고 말할걸 그랬나.
근데 다들 편견부터 가지니까... 회사에서 말하기가 부담스러워.

인생 그래프

파랑아!
성진아!
갑자기 연락했는데 시간 맞아서 다행이다~!

이 동네에
무슨 볼일 있었어?
그냥 주택가인데.

타투하는 데가
근처에 있더라고.

나도 문신할 거야~
이게 내 도안!

도안 내가 직접 그렸어.
내 인생을 그래프로
바꾼 그림이야.

그대로 된다고 하면
오른팔 전체에
새길까 고민 중.

예뻐! 별자리처럼
보이기도 하고~

인생 그래프면
이렇게 살고 싶다...
뭐 그런 의미인 건가?

그것보다는
'이렇게 살았다'가
더 맞는 거 같아.

내 인생에 영향이
큰 사람들은 점으로,
사건들은 원으로 넣었거든.

후회했던 기억이 있어
더 굳게 마음을 잡기도 한다.

해진 부분들을 연결해주는
간절한 후회의 기분.

문신의 저주에 걸린 듯한 기분.

의도한 상처, 의도하지 않은 상처

내가 문신을 하고 싶다고 말했을 때, 전 남자친구는 "여자가 그런 거 하면 싸 보여"라

고 말했다. 관계의 시작보다 관계의 끝이 중요하다고 생각하는데 그 연애의 끝은 말

그대로 더러웠다. 나는 내가 욕을 엄청 잘하는 사람이란 걸 그 남자와 헤어지며 알

게 되었다.

내가 문신을 하고 싶다고 말했을 때, 다다는 "내가 위생적으로 잘하는 곳 알아봐줄

까?"라고 말했다. 마치 그 음식이 먹고 싶니, 먹으러 갈래, 하고 묻는 어투였다. 나

는 이 연애의 끝이 나쁘지 않을 거라 생각했다. 그 생각은 어느 정도 맞았다. 우리는

6년째 연애 중이고 결혼을 준비하고 있으니.

나는 문신을 몸에 흉터가 몇 개 생기는 거라고 여겼다. 내가 의도한 상처고, 상처가 아물고 난 뒤의 흉터가 내게 의미 있는 것이라고. 하지만 오해와 이해는 얼마나 멀리 떨어져 있는지. 사람에게 해를 끼치는 일이 아닌데도, 편견만으로 불쾌해할 수 있다는 걸 문신을 하고 나서 나는 더 깊이 체득했다.

문신을 볼 때마다 나는 선입견에 대해 고민한다. 보이는 상처보다 보이지 않는 상처가 더 오래갈까, 나는 누구의 상처를 얼룩진 시선으로 바라봤을까, 또 얼마나 아무렇지 않게 보이지 않은 상처를 줬을까.

남들이 내게 주는 선입견은 이제 신경 쓰이지 않는다. 다만, 그처럼 내가 보냈을 그 무수한 선입견들이, 나는 기억도 하지 못할 거라는 그 사실이, 생각할수록 참 아찔할 뿐.

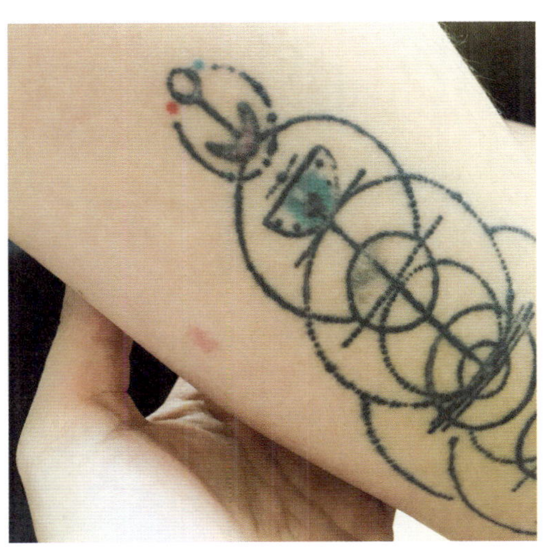

#중심

네 시간 뒤면
월요일이야.
으악. 끔찍해.
말하지 마~
회사에도
방학 같은 거
있으면 좋을 텐데.
출근 생각에
일요일이면
잠도 잘 안 와.
미안... 하필 네 뒤에
시계가 있었어.
있지,
내가 얼마 전에
영상 하나를
봤는데...
하루의 중심을 오로지
'숙면'으로 한
사람의 강연이었어.
그 사람은
잠을 잘 자기 위해
운동을 하고
잠을 잘 자기 위해
좋은 음식을 먹는대.
엉뚱한 거여도,
그런 걸 만들면
좋겠다 싶더라

하루의 중심이 잠이 될 수도 있구나.
너는 뭐 생각해둔 거 있어?
나는 요리~! 나 어릴 때 꿈이 요리사였잖아.
밖에서 먹는 것도, 내가 직접 만드는 것도 다 좋아.
오늘 경험해보지 못한 요리가 내일 기다리고 있다고 좋게 생각해보려고.
중심이라... 가운데 중에 마음 심. 중심의 한자는 그거인데.
뭐를 마음의 가운데에 두면 좋을까.

1인용 중심들

중심이 명확하면
출근길도
즐거워지려나?
친구들한테
너의 중심이
뭐냐고 묻는다면...
아마도...

지나 언니

유민이

나한테 가장
힘이 되는 건
역시 믿음..?
그게 아무리 바빠도
교회는 꼭 나가는
이유야.
어리석은 중생 같으니...
파랑아, 덕질만큼
재밌는 게 어딨니.
포토티켓들
나와 함께
철남이 영화
또 보러 가자.

성진이

즐거움은
뭐니 뭐니 해도
모임 아냐?

나는 퇴근하고
친한 사람들과
술 마시는 게 좋아.

...이렇게
대답하겠지?

나는 종교도 없고
연예인에도
관심 없고.

게다가
집에 있는 게
제일 좋은데.

팀장님~
오늘도 일찍
오셨네요!

아... 파랑씨.
안녕하세요.

잘됐다.
팀장님 대답
들어봐야지.

저... 팀장님은
출근할 때 어떤 걸
떠올리면
즐거워지세요?

즐거운 거요??

오늘 회사에서 내가 해야 할 업무를 생각하면 즐거워지지 않나요? 저는 그렇던데.
그...그렇군요.
아... 팀장님은 워커홀릭이었지.

나만의 중심

온종일 생각해봤지만 마땅한 게 없네.
나만 재미없는 어른으로 자라버렸어.

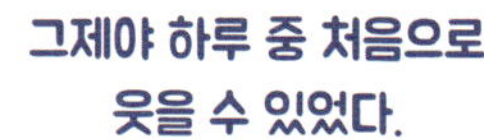

의외의 곳에서 나를 잡아주는 것들은
고맙다는 말조차 익숙해져버린 순간들.

내가 누군가의 중심이 된다는 건,

그리고
내 중심을 본다는 건,

이렇게나 아늑한 기분.

#상사

상사上司=윗사람

저는 외주 보냈던
평론집 원고 도착해서
보고 있어요.
이번 주까지 확인하고
저자분께 보내려고요.
저는 소설집
거의 다 되었어요.
근데 보도자료는
부장님이 직접 쓰신다고
말씀하셨는데...

부장님 계속 컨디션
별로이신 거죠?
약 부작용도
겪으시는 거 같고.
네. 불면증이 점점
심해지시나봐요.
예민하시니까 요즘은
말 꺼내기도 눈치 보여요.

부장님
불면증이셨구나.
어쩌지.

얼른 괜찮아지셔야
우리도 편할 텐데.

파랑씨가 막내라서
가장 눈치 보이죠?

조금만 참아봐요.
곧 나아지실 거예요.

...네. 전 이제
적응해서 괜찮아요.

상사常事=보통 있는 일

외주 맡긴 거 어때요?
제 예전 회사 선배한테
부탁한 건데.

팀장님 동료셨구나.
엄청 꼼꼼히 봐주셨어요!

띄어쓰기
두 개 된 것까지
잡아주시고.

헷갈리셨을 텐데 맞춤법도 우리 회사 규칙에 거의 맞게 해주셨어요.
그럼 앞으로 외주일은 선배에게 맡길까요?
정말 성실한 편집자예요. 전에 Y출판사 인쿤팀에서 오래 일하셨기도 하고.
정말요? 근데 그분은 왜 프리랜서로 바꾸셨어요?
성실함만으로 안 되는 게 회사잖아요.
그러고 보니 우리 회사도 편집자들은 10년 이상 버티는 사람이 거의 없네.
그 많던 편집자들은 다 어디로 가는 걸까.
평생직장 없는 거야 다른 분야도 마찬가지겠지만…
부장님: 파랑아, 나 커피. 그리고 김 작가 계약서 좀 빨리 찾아다 줘!

나는 편집일이
재밌지도 않은데...
언제까지
버틸 수 있을까?

상사相似=서로 비슷함
어쩌지..?
대체 어디 갔지?
계약서는 보통
여기에 다 두는데.

**사람에 대한 접근법 중 가장 안 좋은 것은
착한 사람과 나쁜 사람으로 구분 짓는 방식.**

그러니까, 누구든 나쁜 사람이 아니라
닮고 싶지 않은 그런 사람일 뿐이라고 생각한다.

하지만 사랑을 듬뿍 받은 사람이
다시 사랑을 나눠줄 수 있는 것처럼,
상처를 받은 사람이 그 누구보다
상처를 잘 줄 수 있기도 해서

싫다면서도 답습하는 자신에게
나도 놀라게 된다.

내 안에 돋아난 가시가
어느새 나까지 찌르는 기분.
내가 원래 이렇게
뾰족한
사람이었나?

걱정하는 마음

오늘따라
모모가 계속
눈에 밟히네.

출근 때부터
이렇게 걱정되면
오늘 어떻게 한담...

엇! 길냥이?!

야옹아
잠깐만~!!

길냥이들 주려고
고양이용 닭가슴살
챙겨둔 게 있었는데...

아, 찾았다.

야옹아 이거 여기
두고 갈게~ 먹고 가.

그래그래.
나쁜 사람들 많으니까
늘 그렇게 경계하고

깜짝

잘 먹네~
다행이다!

역시... 배고팠는데
내가 무서워서
눈치 본 거였나봐.

길고양이가 사람을
이렇게 경계하는 나라도
별로 없다던데...

아까 그 고양이...
험한 일 안 당하고
건강하게 지냈으면...

미워하는 마음

부장님, 몸은 좀
괜찮으세요?

어. 다 나았어.
회사에 별일 없었지?
어제 나왔어야 했는데...

아플 땐 쉬셔야죠~
보도자료는 대리님이
마무리하셨어요.
원고?
이게 무슨
원고인데?
급하다고
병원에서 새벽에
전화하셨던 거요.
저도 부탁하신 원고
다 마무리했고요.
내가
그랬었어?
내가 요즘 정신이
없잖아, 이해해.
어쨌든 수고했어~
아~
전에 있던 막내는
알아서 커피도
미리 내려놓고,
그리고 나
커피 한 잔만.
책상 정리도 해주고
걸을 때 가방도
들어줬는데~
나 들으라고
하시는 소리인가?

길고양이의 평안을 기도하던 내가,
이제는 가까운 사람의 아픔을 바라고 있었다.

바로잡고 싶은 마음

교열 중이던 원고를 보자
대학교 전공 수업 시간이 떠올랐다.

혼자서 아름다운 문장이란 없어요.
그것이 어느 위치에서 어떻게 다른 문장들과 어울리느냐에 따라
똑같은 문장임에도 좋은 문장이 되기도 하고 나쁜 문장 되기도 하죠.

내가 지금 그런 위치네.
고치지 않아서 엉망인 문장.

파랑아 너 진짜 그만둘 거야?
너 나중에 진짜 후회해. 여기보다 더 큰 출판사가 얼마나 있다고 그래?
모모출판사

죄송합니다.
진짜 이해가 안 된다.
왜 뻔히 후회할 일을 해?

커피, 라는 말을 듣자 깨끗하게 울음이 멎었다.
그리고 한 가지 확신이 들었다.

이 결정에 후회가 없을 거라는 확신.

진짜 필요한
가시만 남겨두고...
차근차근 고쳐보자.

내 안의 가시들을
비로소 내가 다듬어가는 기분.

#이별

며칠 동안 인수인계 자료 정리해놓긴 했는데 많이 엉성할 거예요.
이렇게 갑자기 나가서 죄송해요.
아냐아냐~ 미안해 말아요.

내가 없으면 일은 누가 하나... 회사는 어떻게 돌아가나...
내가 몇 군데 다녀보니까, 이런 게 제일 필요 없는 걱정이더라구~

파랑씨는 이제 뭐 할 거예요? 여행? 아니면 바로 이직?
음... 학생 때부터 지금까지 일 안 한 적기 거의 없어서 일단 좀 쉬려고요.
그리고 생각을 해보게요.

저 입사교육 때
팀장님이 그러셨잖아요.
편집자는 의심하는
사람이라고.
내가 알고 있는 게
맞는지 의심하고,
내가 방금 고친 게
맞는지 의심하고.

근데 정작
내가 원하는 게 뭔지...
그건 깊이 의심해본 적이
없더라고요.
그리고 두 분 결혼 소식
기다리고 있겠습니다~
어머!
티 났어요?
쉬면서 그것 좀
고민해보고 싶어요.
날짜 잡히면
바로 연락할게요~!

1층: 제작부

2층: 디자인부

안녕의 한자는 편안할 안, 편안할 녕. 편안하고 또 편안하길 바란다는 말.

그 '안녕'이 도무지 내키지가 않아 단 한 사람에게만 인사를 하지 못했다.

진짜 끝

다다야
많이 기다렸지.
인사가 길어졌어,
미안...
모모출판사
아냐, 얼마 안 기다렸어.
무겁겠다. 얼른 줘~

생각보다 짐이 많네.
반차 내길 잘했다.
혼자 어떻게 들고 가.
후. 겨우 도착했다.
짐 들어줘서 고마워~
지난주부터 회사 택배로
물건 옮겨놨었는데
갑자기 다들 이것저것
주시는 바람에...
첫 회사였는데...
괜찮아?
시원섭섭하지.

섭섭한 건
아직 모르겠고
엄청 신나~~!
이제 진짜 끝이야!
우리 모모랑 셋이
파티하자~
퇴사 파티!
치킨도 시키고~

잠깐만! 그전에...
진짜 이별을 위해선
이게 필요해.
후후후...
오늘을 위해 준비했어!
여기서 출판단지가 있는
서쪽으로 던져!
이게 뭔데?
왕. 소. 금.
귀신 퇴치해야지~
귀신?

이토록 기분 좋~은 이별.

다다의 관찰일지

왜? 어떤데?
그렇게 종일 자는데도 내가 좀만 부스럭거리면, 자기 잠 방해한다고 엄청 잔소리해.
애오!!!!
고양이는 하루에 16시간을 잔다잖아.
근데 요즘 내가 잘 놀아줘서 그런지 더 많이 자거든.
잠깐 편의점 가려고 옷 갈아입으면 기뻐하고...
역시 모모는 대단해! 집 소유권을 가지고 있네?!
아! 있지... 나도 요즘 반려동물이 생겼는데.
엥? 언제부터? 나한테는 아무 말 없었잖아.
네가 싫어할까봐 말 안 했어.
해맑
저번에 아빠랑 삼겹살 먹으려다- 상추에 있는 애벌레를 발견했는데... 그거 키우는 거라.

저녁마다 사진 찍으면서
관찰일지도 쓰고 있다~
이름은 뿡뿡이!
사진 보여줄까?
아...아냐.
괜찮아.
그나저나
이상한 벌레면
어쩌려고?
예감이 왔어~
어여쁜 나비일 거 같아!
신기하지 않아?
그렇게 작은 생명이
매일 다른 모습으로
변하고 있다는 거.
신기하긴 한데...
딱히 보고 싶진 않네.

모모의 관찰

모모야, 또
참새 구경해?
쁘끼끼!
어우 야~
내 말 듣는
척이라도 해줘.

매일 보는 건데도
이게 그렇게 재밌어?
창밖 보는 게
고양이한테는 텔레비전
보는 거라더니.

모모야,
오늘 하늘 색깔
되게 예쁘다~
그치?

퇴사한다고
정신없어서 몰랐는데...
겨울도 이제 다
지나갔나봐.

대학교
시 창작 수업 때
교수님이 그러셨는데.

세상에서
가장 슬픈 존재는
사라지는 줄도 모르게
사라지는 것들이라고.

사라지는 존재...
그건 외면당하는 일에 대한
말이었던 것도 같네.

뭐든지 관심을
준 만큼만
눈에 보이니까.

아무리 지루해도
하루에 한 개쯤은
간직하고 싶은
장면들이 있겠지?

집순이 모모야,
나는 산책 다녀올게~

애옹!

**예전에는 초라하다는 게
화려함의 반대말인 줄로만 알았다.**

지금은 다르게 생각한다.
초라하다는 건 떳떳하지 못하다는 것.

그래서,
내가 딛고 서 있는 지금을 깊이 바라본다.

뒤를 돌아봤을 때 초라하지 않을 만큼.
더는 내가 낯설어지지 않을 만큼.

오늘은 뭔가
보이는 것도 같고~

더 나은 다음을 위해
조용히 현재를 응시하는 기분.

시적인 것들

"사라지는 줄도 모르게 사라지는 것들이 가장 슬픈 존재죠."

그리고 교수님은 덧붙여 말했다. "그런 것들에게 시선을 건네주는 게 시인의 일일지도 몰라요."

나는 슬프고 아름다운 말이라 생각했다. 그래서 시인은 참 힘들겠구나, 보이지 않는 눈물이 참 많겠구나, 했다.

"시가 뭐라고 생각하니?"

다른 교수님이 내게 던진 질문이다. 나는 잠시 고민하다 "감각으로 말하는 거요"라고 답했다.

"그것도 맞는데, 시는 설명하지 않는 거란다."

그 말에 나는 그냥 고개만 끄덕였다. 무슨 말인지 알 것 같긴 한데, 나더러 더 쉽게 설명해보라고 하면 입을 뗄 수가 없는 그런 정의였다.

살면서 많은 순간 우리는 자신의 존재를 입증하기 위해, 설명하기 위해 애를 쓴다. 저는 이러이러한 가치가 있는 사람이에요, 저는 필요한 존재라고요. 나 또한 그걸 보여주기 위해 많은 시간을 써야 했다. 특히 회사에서 그랬다. 업무 평가에서 낮은 점수를 받으면 그게 나라는 존재 자체를 부정당하는 일 같아 괴로웠다.
그리고 이런 이유들로 힘겨워지면 교수님들의 말을 떠올렸다. 시는 아무것도 아닌 것에 저렇게 마음을 주는데, 설명하지 않아도 의미 있는데, 하고. 교수님들이 그런 용도로 쓰라고 하신 말은 아니었겠지만 아무튼 그러면 조금 위로가 되었다.

나아가 조금 더 생각하면 시처럼 설명하지 않아도 되는, 곁에 있어서 소중함을 잊게 되는 존재들은 많다. 내게는 가족, 연인, 고양이가 그러했다. 그들에게 나 자신도 그럴 것이었다.
어떤 쓸모가 있어서 필요한 게 아니라 있는 그대로 힘이 되는 존재. 이유를 입증하지 않아도 되는 관계들.
나는 그런 존재들을, 관계들을 모두 시적인 것들이라 불렀고 그럴 때면 아직은 삶도 견딜 만하다고 감히 말할 수 있었다.

#기록

책 만들기

무슨 소리~~
비 오는 날
출근 안 해도 되는
승자가 왔지!
요즘
뭐 하면서
지내?
글 봐주는 알바
하나 하고,
나머지 시간에는
모모랑 놀아.
파랑이는 갑자기
생기 있어졌네.
나는 생활패턴이
반복되어서 그런가...
요즘 엄청 따분한데.
있지... 나 전부터
생각한 건데,
우리 셋이서 책 하나
만들어볼래?
이거 하면
따분하진
않을걸?
책?
무슨 책?

나 대학교 때 영화하는 후배 하나가 자기 시나리오랑 일기 모아서 제본한 거 본 적이 있거든.
너희 그림 전공했지만 글 쓰는 것도 좋아하니까 언제 한번 같이 만들어보고 싶었어.
마침 나 쉬는 중이니까 글 작업 도와줄 수도 있고...
디자인도 분배하면 금방 만들 거 같은데.
주제는, 우리가 간직하고 싶던 순간!
오, 좋아좋아! 내가 삽화도 그릴게. 글 중간중간에 넣자.
그럼 나는 표지 디자인!
그럼 주말까지 초안 모은 뒤에 우리 집에서 작업하자!

원고 취합

너희 엄청 금방 써왔다!
회사 욕하니까 금방 써지던데?
어? 근데 유민이 너 기타도 배웠었어?

아... 그거. 뮤지션 코스프레 하던 때 얘기.
나도 악기 하나쯤 능수능란하게 다뤄보고 싶었거든.
언제 그런 걸 했냐? 지금도 기타 있어?
수업 몇 번 나가다가 말았지만.
방구석 어딘가에 있긴 한데, 지금쯤 곰팡이 폈을걸...

성진이는 예상했던 대로 연애 얘기랑...
오오. 속옷 패션쇼 얘기다!!
진짜 힘들었는데 그게 가장 기억에 남더라구.
근데 그날 모델이 입었던 신제품 누가 훔쳐 갔다?
너희 회사 남성 속옷만 만들잖아. 그럼 남자 거를 훔쳐 갔다는 거야?
그것도 입었던 거를?!
호홍홍~ 그러니까~~ 누가! 왜! 하필! 모델이 입은 것만 가져갔을까~~?
야, 모모가 보잖아. 변태같이 웃지 마.

좋은 기억은 쉬이 잊힌다고 한다.

반면에, 나쁜 기억은
좋은 기억보다 오래간다고 한다.

그만큼 기억이란 게 내 뜻대로
움직이지 않는다는 걸 알지만

기왕이면, 얼룩이 없는 것들을
내 안에 담아두고 싶을 뿐이다.

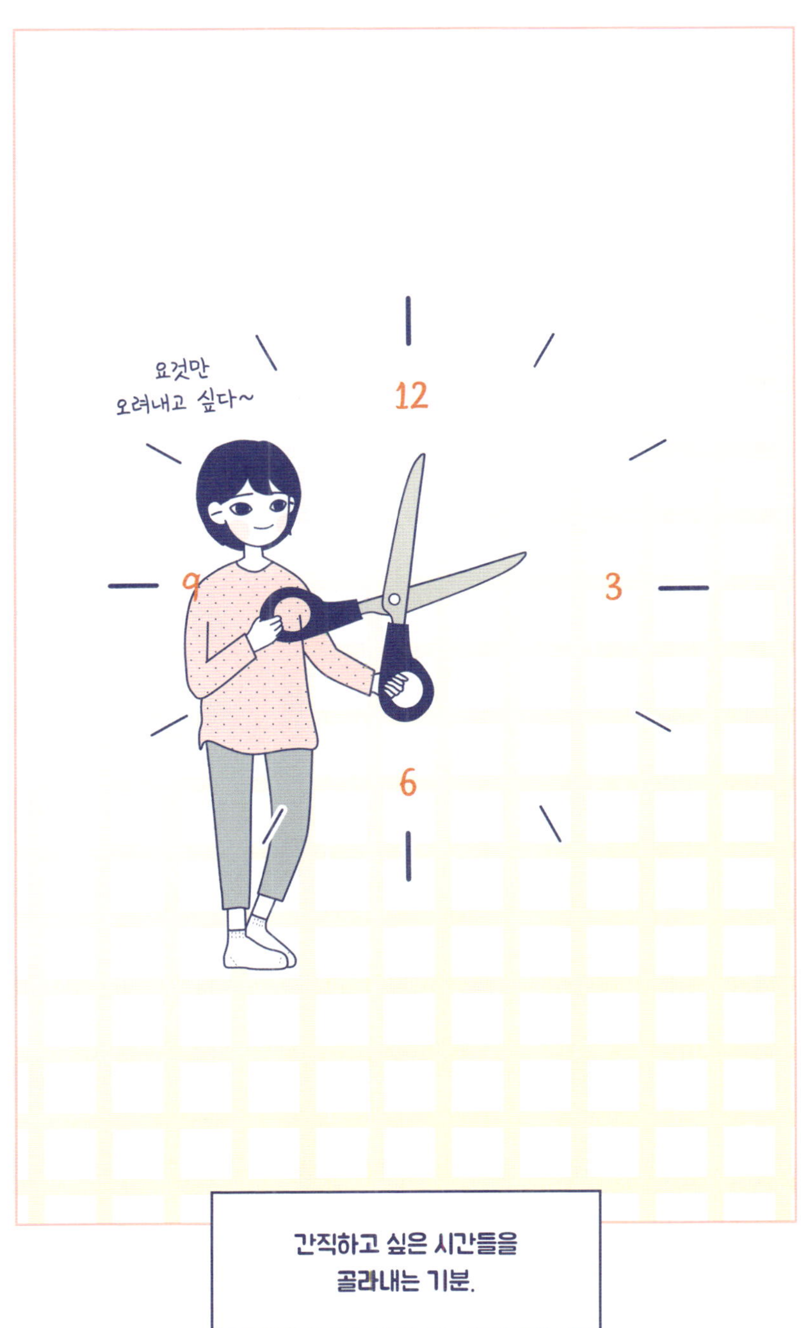

간직하고 싶은 시간들을
골라내는 기분.

안 좋았던

맞다. 권 작가님 소설 이번에 영화로 개봉한대.
그거 너 다니던 출판사에서 나온 책이지?
응~ 우리 팀에서 담당했던 거. 영화로 나온다고 작년에 얘기 들었었어.
영화로 나오면 책도 잘 팔려서 마케터들이 기대하고 있었는데.
영화 보기 전에 책으로 읽어볼까~
으음... 권 작가님...

작가님, 안녕하세요.
수상 축하드려요.
이제야 왔네,
출판사 영계들~
잘 지내셨어요?
이 친구는 저희 팀에
새로 온 막내예요.
너는 노래 부르고
너는 내 옆에 앉아서
술 따르면 되겠다.

그날 최악이었지.
나한테 지분거리는 거
대리님이 막으려고
무리해서 술 다 마시고.
방송에서는
인자한 척 다 하더니
대박 저질이었어.

MOMO COFFEE
진짜?
권 작가가?
벌써 노망이 났나.
으응. 진짜 문제는,
그런 작가들이
꽤 된다는 거였지.

편집자를 동료가 아니라
접대부쯤으로 보나봐.
회사 윗분들은
알면서도 쉬쉬하고.
문단 술자리 문화라면
진짜 지긋지긋해.
어후.
왜들 그런대, 진짜.
슬슬 이직 자리
알아봐야 하는데
고민이네.

회사만 옮겨서 출판일 계속할까 그 생각도 했었는데...
역시 안 내키더라고. 한국문학 좋아해서 전공으로 삼았었는데도.
두 번째로 좋아하는 일을 직업으로 삼으라는 말이 있는 이유를 알겠다.
그러게...
요즘 계속 고민하는 건데... 이참에 잡지나 언론광고 분야로 이직 자리 알아볼까 해.
역시 동경하던 건 멀리서 볼 때가 가장 예쁜가봐.
가능할지는 나도 모르겠지만.

선택지들

아~ 내가 이렇게
뒤늦게 진로 고민을
할 줄 몰랐는데.
내색을 안 할 뿐
많이들 계속 고민할걸.

너도 그래?
당연하지~
일이 나랑 맞는 건지...
연봉은 괜찮은 건지...
암튼 나도 그래.

역시 다들 그런가.
그래도 전보다는
좀 알 것도 같은 게...
예전에는
내가 놓기 싫은 것만
생각했는데,

포기하지 말라는 소리는 들어봤지만,
잘 포기하라는 소리는 들어본 적이 없다는 걸.

때로는 놓아주는 일이 잡는 일보다 중요한데,
그 방법을 누구도 아무도 알려주지 않았다.

뭐부터
띄워 보내면
되려나.

놓아주는 방법을
하나씩 배워가는 기분.

손을 잡히는 일, 손에서 놓는 일

1.

어느 남성 중견작가와의 미팅 자리.

그 자리에 호명된 '우리'에게는 몇 가지 공통점이 있었다. 팀은 다르지만 모두 한국문학 편집자들이라는 점, 업무 중에 갑자기 불려 나왔다는 점, 20대의 여성이라는 점.

그 작가님 야한 얘기를 엄청 하신다던데요.

오늘 술자리는 제발 길지 않았으면 좋겠네요.

여성 편집자가 대하기 힘든 분이래요, 다들 조심해요.

그런 얘기들을 주고받으며 우리는 가볍게 웃었다. 진지해져봤자 피곤한 것은 우리였고, 우리에게는 웃음 말고 허락된 표정이 있지 않기도 했다.

2.

회사 윗분들이 왔다. 우리는 지시대로 앉아 있던 자리를 바꿨다. 하나같이 작가의 주변 자리였고, 내가 앉을 곳은 중견작가의 왼쪽이었다.

이어 작가가 도착했다. 간단한 식사를 하는 동안 술병이 식탁 위에 올라왔다. 다음 장편소설에 대한 논의와 문인들 소식이 오갔다. 별다를 것 없는 미팅이었다.

중견작가가 식탁 위에 올려둔 내 손을 잡기 전까지는.

3.

K는 나보다 한 살 어린 여성 편집자였다. 우리는 야근날이 겹치면 종종 같이 식사를 했다. 서먹한 사이는 아니었으나 회사 밖에서 만난 적은 없는, 각별하다고는 볼 수 없는 사이. K와 나는 서로에게 평범한 동료였다.

그런 K가 중견작가에게 술을 권하기 시작했다. 작가가 내 손을 잡은 그 순간부터, 쉴 틈 없이 작가의 잔에 술을 따르고 같이 술잔을 비웠다.

이년아, 너 왜 이렇게 나를 빨리 가게 하려고 하냐, 하고 작가가 짜증을 냈다.

제가 오늘 아니면 작가님하고 언제 또 건배를 하겠어요, 하며 K는 술을 넘겼다.

회사 윗분들은 은근슬쩍 K에게 그만하라는 눈치를 줬다.

K는 아무것도 모르는 척 계속 잔을 부딪쳤다.

30분이 지나지 않아 중견작가도 K도 몸을 가눌 수 없을 만큼 취했다. 그렇게 그날의 미팅은 종료되었다. 예상보다 훨씬 이른 시간이었다. 덕분에 손을 잡혔던 것 이상의 불쾌한 일은 일어나지 않았다.

4.

중견작가를 택시에 태워 보내고 난 뒤 K는 "내가 이겼다!" 하며 웃었다. 그러고는 속을 게워내려 식당 화장실로 달려갔다. 비틀거리는 K의 뒷모습을 보며 나는 웃지 않았다. 도무지 웃을 수가 없었다.

5.

그날 내가 잡힌 것은 고작 손이었지만, 내 마음을 오래도록 잡고 놓아주지 않는 건 그날의 무력감이었다. 사회로 처음 나왔을 때의 나는 순진했고 멍청했다. 한 번 참으면 계속 참아야 한다는 걸 몰랐다. 그래서인지 나는 이런저런 '잡히는' 일들로 충분히 지쳐 있었다. 출판 경력을 버리고 다른 분야로 이직하겠다고 결심했을 때 오히려 마음이 가벼운 이유였다.

오래도록 아무도 내게 알려주지 않는 잘 포기하는 법. 그걸 고민하면서 무언가를 놓아주는 일에는, 다른 무엇을 놓지 않고자 하는 이유도 있다는 것을 깨달았다.
내가 포기한 것은 일이었다. 그리고 내가 놓지 않으려 했던 것은 웃지 않을 권리였다.

#쉼표

따분함

뭐야~ 벌써 장난감에 질린 거야?
내가 너랑 놀아주는 건지 네가 나랑 놀아주는 건지.
시큰둥
흐음... 애들하고 책도 다 만들었고... 이제 뭐 하지.
예전에는 시간 날 때 뭐 했더라.

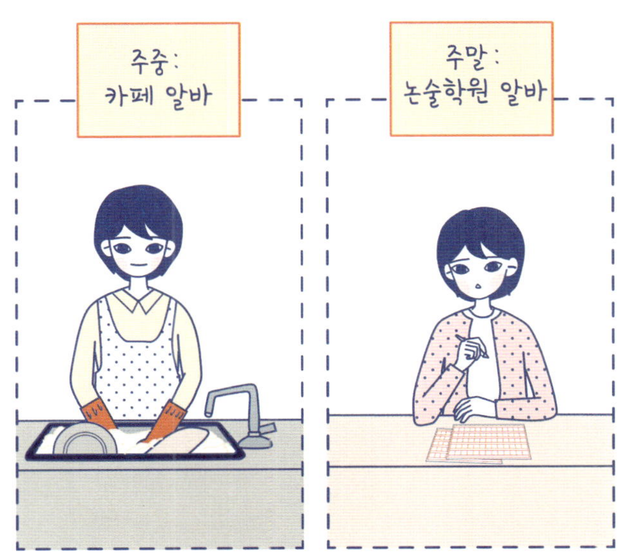

주중: 카페 알바
주말: 논술학원 알바

학생 때도 일만 했네.
그땐 늘 시간이
부족해서 문제였는데.

식사 시간도 아까워서
밥 먹으면서 책 읽고.

고기도 먹어본 놈이
잘 먹는다고,
안 바쁘니까
오히려 이상해.

아... 시간도 저장이
가능했으면.

조급함 →

cafe momo

지나 언니~!

늦어서 미안...
퇴근 직전에
일 받는 바람에.

괜찮아요~
저 시간 많아요!

오늘의 커피
모모 라떼
모모치노
모모리카노

이번 달까지 글 봐주기로 한 학생 있어서, 다음 주부터 구직 알아보려고요.
분야 옮기면 중고신입으로 들어가겠지만...
잘될 거야~ 걱정하지 마.
너 미디어 쪽으로 옮긴다니까 생각나네. 효정 선배 기억하지? M 잡지 들어간.
얼마 전에 부편집장 됐다던데?

벌써요? 선배 대단하다. 하긴... 선배 워낙 재주가 많았으니.
언니는 회사 옮긴 데 괜찮아요?
응응~ 아직 정신없긴 한데, 조금씩 요령 붙는 거 같아.
그리고... 나 얼마 전에 남자친구에게 프러포즈 받았어.

괜히 민망하네.
내가 결혼하게
될 줄 몰랐는데...
어머어머!
축하해요, 언니!!
우와. 지나 언니가
결혼이라니.
팀장님 대리님도
결혼 준비 중이셨고...

승진에 결혼에...
다들 바쁘구나.
나만 뒤처져 있는 건가.
오늘 바로
이력서부터
고칠까.

예전 이력서

단어를 이어주는
쉼표 같은 인재가
되겠습니다?

효정 언니~
뭘 그렇게
생각해요?
쉼표 어디에 찍는 게
좋을지를 모르겠어서.
나는 이게 제일
어렵더라.
그러고 보니 효정 선배는 
꼭 손으로 글을 썼지.
글 쓰는 속도 느려서
걱정했는데, 우리 중언
가장 먼저 등단하구...
지금은 잡지사
부편집장이라니.

지금의 감정을 담은 단어를 천천히 고르자,
쉼표 하나를 이제 막 찍었다는 생각이 들었다.

그리고 그제야
불안했던 시간이
내 작은 고양이처럼
더없이 소중해졌다.

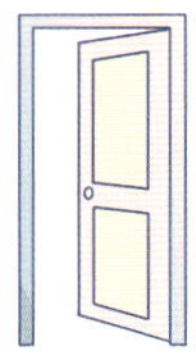

내일에 대한 불안과

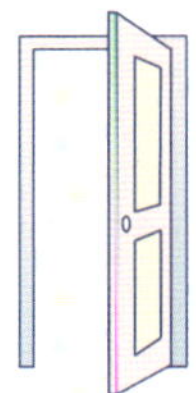

어제의 근심이
뒤섞였지만

느리고 쓸모없어서 고마운
쉼표의 기분.

#자기소개서

대학 시절, 전공 때문에
다양한 글쓰기 부탁을 받곤 했는데

내 자기소개서 좀 봐줘.
너 글 쓰는 거 배우잖아.
문창과라고
모든 글을
잘 쓰진 않는데...

그중 가장 많은 것은
취업용 자기소개서였다.

나보단 낫겠지.
잠깐이면 돼.
짧은 소설이라 치고
한 번만 봐주라~
내가 음료 살게.

헉!
너 왜 여기다
고해성사를 했어?
그 정도야?!
어딜 고쳐야 해?
같이 머리를
굴려보자.
아! 이 부분을 빼고
독특한 경험 한 걸
넣으면 어때?
아아~
그럴까?

그리고, 타인의 삶을 매끄럽게 다듬으며
내가 느낀 것은 이유 모를 허무함이었다.
어쩔 수 없이
봐주고 있긴 한데...
특별한 부분만
강조해야 하는 게
꼭 과거의 자신이랑
경쟁하는 거 같네.

내 자기소개서
으음...
성격의 장단점..?
으으으음...
입사 후 포부..?!
뭐라고 해야
돋보이려나.

오랜만이라 그런가?
뭐라고 써야 할지
모르겠어.
친구들 자소서
써줄 때는 이렇게
안 어려웠는데.
모모야~
넌 내 장점이
뭐라고 생각해?
애오~
왜에~
편하게
말해봐아~

...미안.
내가 너무 어려운 걸
물어봤지?
깨물
앙!
...
애옹?

예전엔 어쩜 그리 패기 넘치게 쓸 수 있었나 몰라.
학생 때는 내가 남들과는 다르다고 믿었어서 그런가.
자신의 평범함을 인정하는 순간이 어른이 된 때라던데...
그런 점에선 이제 완벽한 어른이네.

너무 평범해서 쓸 게 없습니다. 그리고 저도 절 모르겠습니다.
이렇게 써버릴까.

나답다

그래서?
진짜 자소서에
모르겠다고 썼어?

어이, 그건 미친 짓이지~
새벽에 급 마무리해서
몇 군데 보냈어.

인터넷에 자소서
검색하면서
거의 새로운 나를
창조해냈네.

SUSH

거기에 쓰인 건
네가 알던 내가
아닐걸?

근데 나는
자소설인 걸 아니까
더 난감하더라.

언젠가 지나 언니가
그런 적 있잖아.

다들 그렇지, 뭐.
그래서 자기소개서를
자소설이라고 부르잖아.

자기 시나리오 속
주인공하고 못 친해져서
더 이상 못 쓰겠다고.

문득 그 말이 떠오르면서,
나라는 소설의 주인공은 왜 이렇게 낯설게 느껴지나...
혹시 나는 나랑 안 친한 건가... 그래서 쓰기 힘들었나... 뭐 그런 생각들이 들더라구.

뭔지 알 거 같다. 나 자신이 어색하고 외면하고 싶은 거.
나도 그럴 때 많아.
그래도 언젠가는 친해지겠지. 매일 보는 사이잖아.
음... 언젠가는... 정말 가능할까?

'나답다'라는 말을
빈틈없이 채워 넣고 싶지만

오늘도 답을 못 찾은 기분.

1인용 기분 

윤파랑 글·그림

초판 1쇄 발행일 2018년 10월 5일
초판 3쇄 발행일 2023년 10월 27일

발행인 | 한상준
편집 | 김민정·강탁준·손지원·최정휴
디자인 | 김경희
마케팅 | 이상민·주영상
관리 | 양은진

발행처 | 비아북(ViaBook Publisher)
출판등록 | 제313-2007-218호(2007년 11월 2일)
주소 | 서울시 마포구 월드컵북로 6길 97(연남동 567-40)
전화 | 02-334-6123 전자우편 | crm@viabook.kr
홈페이지 | viabook.kr

ⓒ 윤파랑, 2018
ISBN 979-11-89426-14-9 04810